Cie 8° Z
7483
(3)

"Patrie"

A. NOREC

15 c.
le récit complet
illustré

MISS CAVELL

Héroïne et Martyre

F. ROUFF, Éditeur, 148, Rue de Vaugirard, PARIS

Miss Cavell
Héroïne et Martyre :: ::

I

LE DOCTEUR VAN AZEM

E 1er octobre 1915, le docteur Van Azem achevait d' déjeûner dans sa maisonnette de Rosendael.

Par la fenêtre de la petite salle à manger aux mur' constellés de vieilles faïences, la vue plongeait sur l' campagne hollandaise, déserte et plate que jalonnaient, le long de la Vlich, quelques habitations isolées et de hauts peupliers à demi dépouillés de leurs feuilles.

C'était un homme touchant à la soixantaine : grand, maigre et grisonnant, une expression de rêverie et de bonté dans le regard.

On l'estimait comme un praticien habile, doublé d'un penseur capable d'enthousiasme et profondément humain, avec des idées très larges. Il ne voyait dans les hommes quel que fût leur pays d'origine, que des êtres semblables à lui et, dans l'exercice de sa profession, il s'employait de son mieux à soulager leurs misères.

La guerre, qui durait déjà depuis plus d'un an, remplissait son âme de douleur.

C'était le bouleversement de toutes ses idées, le naufrage

de toutes ses espérances. Il avait rêvé la fraternité des peuples, l'humanité ne formant qu'une seule famille, les massacres rendus désormais impossibles par les progrès de la raison.

Et la folie sanguinaire des dirigeants allemands, trop bien servie par l'orgueil pangermaniste de la bourgeoisie d'Outre-Rhin et la docilité aveugle des masses, avait dissipé cet idéal généreux comme une bulle de savon. Depuis quatorze mois le nord de la France demeurait un affreux champ de bataille, la Belgique, couverte de sang et de ruines, était devenue une terre d'épouvante.

En ce moment, le docteur songeait à son ami Platter, de Liége, dont il n'avait pas eu de nouvelles depuis le commencement de la guerre.

Van Azem et Platter s'étaient connus, jeunes, à l'université de Louvain et liés intimement. Puis, la vie les avait orientés dans des directions différentes, mais sans rompre leur amitié, ni leurs relations. A la suite de circonstances imprévues, Platter avait abandonné la science pour le commerce; il s'était fixé à Liége, succédant à son père comme commissionnaire en coutellerie, avait pris femme un peu plus tard et avait eu un fils. Van Azem était retourné en Hollande et s'était établi près de la frontière belge, à Rosendael, sa ville natale, où, depuis lors, il professait, entouré de la considération générale.

Comme il demeurait dans ces pensées, évoquant l'image de ses amis, la porte s'ouvrit et Katheline, la vieille bonne du docteur, parut en disant :

— Mynheer, c'est un pauvre homme qui vient de *là-bas* et qui demande à vous parler.

Le docteur tressaillit brusquement : *là-bas* cela désignait la terre martyre : la Belgique.

— Il dit qu'il vous apporte des nouvelles de quelqu'un que vous connaissez, ajouta la domestique.

Van Azem s'était levé, pâle et très ému.

— Faites entrer! dit-il vivement.

Katheline se retira pour revenir l'instant d'après, suivie d'un homme d'environ trente-cinq ans, vêtu d'une blouse bleue, tachée de boue et déchirée. Il était d'assez forte stature mais semblait, en ce moment, avoir peine à se soutenir et son visage portait l'empreinte d'un complet épuisement.

Le docteur se rendit compte de son état d'un coup d'œil.

— Avant tout, mon ami, lui dit-il, asseyez-vous et prenez un verre de bière en cassant une croûte. Vous causerez ensuite.

— Merci! murmura le voyageur en se laissant tomber, plutôt qu'il ne s'assit, sur le siège que lui montrait Van Azem.

Lorsque l'inconnu eût vidé son verre et avalé quelques bouchées, Van Azem, qui s'était efforcé de contenir son impatience, lui demanda d'une voix où tremblait l'émotion.

— Vous venez de Belgique, n'est-ce pas?

— Oui, Monsieur. De Bruxelles.

— Ah!... Quelqu'un vous a-t-il envoyé vers moi.

— Oui, Monsieur. Quelqu'un que vous connaissez... Platter... Georges Platter.

Le cœur de Van Azem battit fortement.

— Georges, dites-vous! murmura-t-il d'une voix angoissée. Et ses parents?

L'homme secoua la tête, les sourcils froncés. Il se déchaussa du pied droit sans mot dire, à la grande stupeur de Katheline, tira de dessous la semelle de feutre une lettre fripée et la tendit au docteur en grondant sourdement.

— Ah! les sauvages!

Puis il se rechaussa.

Van Azem était devenu livide. Il comprenait bien que ce n'était pas à ses amis que s'adressait cette épithète haineuse et, le cœur bouleversé d'un sinistre pressentiment, il n'arrivait pas à déchirer de ses doigts tremblants l'enveloppe de la lettre. Son regard éperdu interrogeait le messager qui eût un geste significatif.

— Morts! s'écria le docteur. Mon Dieu! que va devenir le malheureux Georges?

— Pauvre enfant! gémit la vieille Katheline fondant en larmes.

Cependant, le docteur Van Azem avait fini par ouvrir l'enveloppe et en tirer la lettre. A peine y eut-il jeté les yeux, un frisson convulsif le saisit et il ne put que murmurer d'une voix étranglée

— Les misérables!

Il s'écoula un moment avant que le vieux médecin eût recouvré assez d'empire sur lui-même pour reprendre la lecture de cette lettre.

Voici ce qu'elle disait :

II

LA LETTRE DE GEORGES

HER Monsieur Van Azem,

« Les Allemands ont fusillé mon père sur le seuil
« de nôtre maison saccagée. Ma mère est tombée sur
« son cadavre, morte elle aussi, foudroyée par l'hor-
« reur. Et moi je veux vivre, car j'ai juré de les venger, je me
« cache dans ce pays naguère si heureux, aujourd'hui en proie
« à la désolation.

« Le porteur de cette lettre, en qui vous pouvez avoir toute
« confiance, vous dira où je suis, ce que je compte faire. Je
« veux seulement vous dire comment nos malheurs sont arrivés
« et vous prier de faire connaître dans la presse hollandaise,
« et par elle au monde entier, quelles atrocités ont été et sont
« encore chaque jour commises en Belgique par les armées
« de l'empereur allemand.

« Vous savez que mes parents avaient à Visé une maison-
« nette de campagne. Pauvre habitation, si riante avec son toit
« rouge à clocheton, ses murs festonnés de lierre et ses rosiers
« s'étendant de chaque côté de la porte!

« Vous savez que les troupes allemandes ont violé le terri-
« toire belge dans la matinée du 4 août 1914, après le refus de
« notre gouvernement de leur livrer passage pour attaquer la
« France. Ce jour-là, un mardi, ma mère était restée à Visé, non
« alitée mais un peu souffrante, et mon père était demeuré auprès
« d'elle. Il y avait aussi Louise, notre bonne, et Beckerem, le
« jardinier, un Flamand de Thourout.

« J'étais auprès de ma mère qui, étendue sur une chaise
« longue au seuil de la porte, regardait rêveuse le paysage : la
« nappe tranquille de la Meuse coulant sous le pont de pierre et
« reflétant le bleu du ciel, les habitations aux fenêtres fleuries
« se détachant pittoresquement sur les deux rives du fleuve et,
« tout autour, les collines boisées.

« — Qu'ils sont beaux, ces bords de la Meuse! murmura ma
« mère. Comme il fait doux y vivre! Je ne puis croire que la
« guerre vienne jamais les ensanglanter.

« — Non, répondit mon père. L'Allemagne a demandé à la
« Belgique de livrer passage à ses armées parce qu'elle veut
« aller au plus court pour tourner les défenses françaises, mais
« je ne puis croire qu'elle se décide à transformer en champ de
« bataille un pays honnête et paisible comme le nôtre.

« Il avait à peine achevé ces mots lorsqu'une détonation
« retentit, sourde et prolongée, suivie d'une autre, et presque
« aussitôt une fusillade nourrie pétilla.

« Ma mère était devenue livide; mon père eut une exclamation
« furieuse :

« — Gottvordoem! Çà y est!... Les crapules!

« Nous nous regardions tous trois, consternés. Ainsi la chose
« invraisemblable, monstrueuse, se réalisait : la guerre était chez
« nous, qui ne l'avions pas provoquée!

« Au même instant, Beckerem accourut, tout pâle, suivi par la
« bonne si tremblante qu'elle dut s'accoter au mur pour ne point
« tomber.

« — Monsieur, dit-il à mon père, on se bat! Les hulans sont
« arrivés devant la ville et ont chargé nos miliciens qui ont
« ouvert le feu. L'artillerie...

« Une décharge formidable, celle non plus d'une pièce isolée
« mais toute une batterie, lui coupa la parole, montrant suffisam-
« ment quel était le rôle de l'artillerie.

« — Beckerem, fit mon père reprenant sa décision ordinaire,
« prenez à l'instant la valise de Madame et la mienne — elles
« sont faites et bouclées — mettez-les sur la brouette et allez les
« porter à la gare. Nous partons pour Liége.

« Mon père, vous le savez, ne manquait pas de courage. Seul,
« il fût certainement resté à Visé, attendant les événements et
« tâchant de défendre sa maison du pillage. Mais il craignait
« pour ma mère et moi; il se disait que nos vies étaient plus pré-
« cieuses que tout ce que nous possédions à Visé.

« — Monsieur, répondit le jardinier, il est inutile d'aller à
« la gare : elle est occupée par nos soldats et les trains ne partent
« plus... Et puis, on dit que la ligne est coupée!

« Mon père eut un geste de désespoir. Cependant sa présence
« d'esprit ne l'abandonna pas.

« — Marie, dit-il à ma mère, il ne faut pas rester ici, une
« balle ou un obus sont vite arrivés. Vous allez descendre dans
« la cave avec Georges : vous y serez à l'abri des projectiles.
« Pendant ce temps, Beckerem et moi nous chercherons une
« carriole qui puisse nous transporter ailleurs, soit vers Tongres,

« soit sur le territoire hollandais, du côté de Maestricht. Là il n'y
« aura plus de danger.

« C'était la meilleure idée. Hélas! pourquoi ne put-elle pas
« être suivie!

« Cependant, le fracas de la lutte continuait. Les détonations
« de la grosse artillerie se succédaient, couvrant le bruit de la
« fusillade. Jamais je n'avais entendu ni imaginé rien de pareil.
« Les obus éclataient dans l'air comme des gerbes de feu d'arti-
« fice et soudain une grande lueur empourpra tout le ciel : une
« partie de la ville brûlait déjà!

« — Au nom du ciel, s'écria mon père, Marie, levez-vous,
« vous ne pouvez rester ici!... Louise, aidez-moi à porter
« Madame...

« Il s'arrêta : il venait d'apercevoir en tournant la tête que
« la bonne n'était plus là. Dans sa frayeur, elle s'était sauvée
« sans dire un mot!

« Alors, comme ma mère essayait vainement de se mettre sur
« pied, mon père se baissa, la prit entre ses bras et fit ainsi
« quelques pas. Il était encore assez solide malgré ses cinquante-
« huit ans et le sentiment du danger que nous courions surexci-
« tait ses forces.

« Mais, à ce moment, il y eut soudain une accalmie et mon
père, reposant son fardeau, s'écria tout joyeux :

« — Ils sont repoussés! Vive nos braves miliciens! Vive la
« Belgique!

« Il se hâtait trop de se réjouir : ma mère qui s'efforçait de se
« tenir debout, s'exclama soudain, éperdue :

« — Les hulans!

« C'était vrai! Un peloton de cavaliers allemands venait de
« surgir, lancé au grand galop. L'instant d'après, ils débouchaient
« sur le pont et disparaissaient comme une vision : ils avaient dû
« entrer dans la ville.

« — Après tout, fit mon père, ce sont des hommes, ils ne
« nous mangeront pas. La lutte a cessé, nous n'avons qu'à
demeurer tranquilles.

« Il parlait ainsi pour rassurer ma mère : ses yeux allaient
« d'elle à moi.

« Quelques minutes s'écoulèrent dans un silence plein
« d'anxiété.

« Tout à coup des cris éclatèrent, aigus, perçants comme ceux
« d'une créature qu'on égorge. En même temps on entendit des

« coups de fusil dans différentes directions, tant isolés que par
« salve.

« — Mais on assassine! C'est abominable! s'écria mon père
« dont l'optimisme affecté fit place à l'exaspération.

« Au même moment, une dizaine de fantassins allemands,
« commandés par un *feldwebel* surgirent devant nous et s'arrê-
« tèrent sur un ordre de leur chef. D'où venaient-ils? Je n'aurais
« pu le dire. Sans doute s'étaient-ils approchés pendant que,
« troublés par ces cris terribles nous regardions sans voir.

« — Ah! tu te permets de nous traiter d'assassins! ricana le
« sous-officier en excellent français. Eh bien, ton affaire est réglée!

« Et il lança en allemand un commandement bref. Quatre
« homme se jetèrent sur mon père.

« L'horrible vérité se fit jour instantanément dans nos esprits
« on allait l'assassiner comme ceux dont nous avions entendu les
« cris désespérés!

« Ma mère et moi, du même mouvement, nous nous étions
« précipités au secours de mon père qui se débattait énergique-
« ment, elle s'écriant : « Pitié! vous n'allez pas le fusiller! »
« Moi, le cœur trop oppressé pour pouvoir proférer un mot mais
« luttant désespérément de mes poings et de mes pieds.

« Mais déjà tous ces bandits étaient tombés sur nous. J'en-
« tendais la voix de mon père criant : « Lâches! Assassins! » et
« celle du feldwebel hurlant : « Avant de mourir, tu verras
« brûler ta maison! »

« Le misérable vociférait cela en français afin de se faire
« comprendre de nous et nous torturer. Je voyais ma mère se
« traîner aux genoux du monstre auquel mon père, dans un
« suprême effort, cracha à la figure. Je ruais et mordais mais un
« formidable coup de crosse sur la tête me jeta à terre, inanimé.

« Combien de temps restai-je ainsi? Quand je repris connais-
« sance, le premier tableau qui frappa ma vue fut le corps de
« mon père, gisant raide mort, la tête trouée de trois balles, et
« celui de ma mère, étendu sur lui inanimé.

« Vous exprimer ce qui se passa dans mon cœur serait impos-
« sible. J'étais hypnotisé par cette horrible vision sans me rendre
« compte si elle était un cauchemar ou la réalité. Je voulais me
« précipiter, crier et ne le pouvais : une force invincible paraly-
« sait ma voix et me tenait cloué, immobile à cinq pas d'eux.

« Comment ne suis-je pas mort, moi aussi!

« Ce fut seulement au bout d'un temps qui me parut une éter-

« nité que je pus trouver la force de me traîner jusqu'aux cada-
« vres de mes parents.

« Mon père avait eu le cerveau traversé : la mort avait été
« foudroyante. Du sang, maintenant noir et coagulé, avait ruisselé
« du front sur sa face. Mais je ne pouvais croire que ma mère,
« dont le corps ne présentait aucune blessure, eût elle aussi cessé
« de vivre. Je pris sa main : elle était froide comme le marbre!
« J'appuyai ma tête contre sa poitrine : le cœur ne battait plus!
« Je saisis convulsivement le corps entre mes bras : il était déjà
« d'une rigidité cadavérique! Et les yeux étaient maintenant
« vitreux, sans regard!

« C'était l'épouvantable commotion ressentie en voyant mon
« père s'écrouler assassiné qui avait brisé son pauvre cœur
« malade et fait d'elle aussi un cadavre!

« Alors je poussai un cri, un seul, et m'écroulai avec le corps
« de ma mère entre mes bras!

« Que vous dirai-je encore, cher Monsieur Van Azem? Il y a
« ici comme une lacune dans mes souvenir : cette scène d'hor-
« reur domine, efface tout dans ma mémoire. On m'a dit que des
« voisins m'avaient recueilli, délirant, et soigné pendant qu'on
« donnait la sépulture à mes parents et à dix autres habitants,
« fusillés eux aussi. De notre maison il restait juste les quatre
« murs.

« Ce fut quelques jours après que, remis sur pied et muni de
« quelque argent par mes sauveurs, je me mis en route vers
« Bruxelles. Car Liége maintenant était entouré par les envahis-
« seurs. Ceux-ci s'avançaient partout comme un torrent, laissant
« comme trace de leur passage la ruine et la mort. On s'entrete-
« nait à voix basse de leurs atrocités.

« Visé n'était plus qu'un brasier éteint. A Soiron, à Olne, à
« Forêt, à Saint-Adelin, à Battice, à Herve, ils avaient tout mis à
« feu et à sang, brûlant trois cents maisons rien que dans la der-
« nière de ces localités. A Soumagne où ils avaient fusillé cent
« quatre-vingt-deux personnes, ils avaient enterré un jeune
« homme la tête en bas, les jambes sortant du sol. Le frère de
« cette victime avait été brûlé vif dans sa ferme!

« Et Dinant, cette pittoresque petite ville qui mirait si coquet-
« tement dans la Meuse son vieux beffroi et sa Roche-Bayard,
« il n'en reste plus rien!

« Voyez-vous, ce qui se passe dans notre pauvre Belgique est
« indescriptible et je me demande si les pierres des tombeaux

« ne se soulèveront pas pour que tous nos vieux morts viennent
« crier « Vengeance! »

Votre dévoué :
GEORGES PLATTER.

III

L'ORPHELIN ET LA NURSE

ENGEANCE! —

C'était sur ce cri que s'était terminée la lettre.

Le docteur Van Azem poussa un profond soupir.

Il songeait au fils de son malheureux ami, errant,
seul, sans secours, à travers mille périls, poussé par la soif de
de vengeance à risquer sa vie à chaque instant.

Il se tourna vers le messager :

— Vous n'avez donc pu l'emmener avec vous? lui demanda-
t-il.

— Oh! pour ça, Monsieur, pas moyen. Il sait qu'on ne
l'enrôlerait pas vu son âge et alors il tient à rester là pour venger
ses parents. Il n'y a pas à dire : il travaille bien.

Ces mots firent frissonner le docteur. « Travailler » cela voulait
dire s'attaquer à des vies humaines et aussi exposer la sienne
sans compter.

— Ah oui, gottvoordoem! reprit l'homme qui lisait sur le
visage de son hôte. Il y va crânement! Savez-vous que, à Tirle-
mont, la nuit, il a poignardé une sentinelle allemande?

Van Azem eut un sursaut d'épouvante.

— Que voulez-vous? C'est la guerre! poursuivit le voyageur.
Les Allemands ont massacré par milliers les enfants belges :
c'est justice quand un enfant belge tue un soldat allemand.

— Mais le malheureux va se faire fusiller!

— S'il se laisse prendre... Ah, certainement! Mais il est malin
comme un singe. A Roosbeek, il s'est caché sous des sacs dans un
hangard tranformé par les Allemands en magasin de munitions;
il y a foutu le feu et s'est sauvé. Ça a fait un riche feu d'artifice.

L'homme donna d'autres détails. Il s'appelait Oscar Noël et
était grenadier dans l'armée belge. Blessé à la jambe au cours de

la retraite sur Anvers et séparé de ses camarades il s'était traîné tant bien que mal jusqu'à Louvain. Là, il avait été recueilli, pansé et caché, lorsque, le 19 août, les Allemands entrèrent dans la ville. Pendant six jours tout s'était bien passé, mais le 25 au soir, exaspérés par un échec que les Belges leur avaient infligé, les soldats de la *kultur*, sur l'ordre de leur général Manteuffel, avaient incendié la ville!

Noël raconta ce qu'il avait vu de l'horrible drame : les fusillades dans les rues, les habitants qui s'enfuyaient ramassés en troupeaux et poussés sur les routes sous les insultes, les crachats et les coups, les femmes devenues le jouet de la soldatesque, l'incendie dévorant les monuments, les habitations, les cadavres et aussi les vivants restés dans la fournaise; Louvain ne formant plus qu'un brasier.

Au milieu de cette inexprimable horreur, Noël, vêtu d'habits civils, avait réussi à se glisser traînant sa jambe blessée, jusqu'à un village sur la route de Malines. Là il s'était caché dans un fossé couvert de broussailles, se sentant épuisé, incapable d'aller plus loin. Il voyait passer des convois de prisonniers : beaucoup de femmes et de prêtres parmi eux. Il entendait des cris aigus, suivis de feux de salve : on fusillait!

Comment, épuisé, blessé, Noël avait-il pu se tirer de là et reprendre sa route? Il n'eût pu le dire. Sa bonne étoile lui avait fait rencontrer peu après Georges Platter qui, un sac de provisions en sautoir, un gros bâton à la main et un poignard caché sous sa chemise, allait en solitaire, tenant sa promesse de vengeance.

Tous deux s'étaient du premier coup devinés; l'enfant devint le soutien de l'homme blessé.

Ils voyagèrent de compagnie, se terrant le jour dans des cachettes d'où ils sortaient à la nuit pour se ravitailler comme on peut le faire en temps de guerre et aussi pour s'attaquer, lorsque l'occasion se présentait, aux sentinelles isolées.

— C'est épouvantable! songeait le docteur Van Azem en écoutant ce récit. Voilà un malheureux garçon, à l'âge de l'enthousiasme et des sentiments généreux, qui est condamné à haïr des êtres humains ses semblables, à tremper ses mains dans le sang. Il venge ses parents! Ah! maudits soient les despotes qui déchaînent la guerre!

Finalement, après avoir pendant des mois mené une existence incroyable, parcouru le Brabant, le Hainaut, la Campine, la Wallonie, s'être cachés durant des semaines dans les fameuses grottes de Han, Georges Platter et Oscar Noël, hâves, déguenillés, épuisés,

Cinq soldats allemands et un caporal pénétraient dans la salle de l'hôpital... (p. 18).

s'étaient trouvés un soir de mars sur le pavé de Bruxelles. Ils étaient si misérables qu'ils n'avaient même plus la force de s'étonner de n'avoir pas été cent fois arrêtés au passage par les postes allemands. Sans doute jugeait-on à leur mine que des vagabonds demi-nus qui n'avaient rien que leur peau à défendre ne pouvaient s'intéresser beaucoup au sort de la Belgique!

Soudain, dans la rue sombre et déserte, semblable à une allée de cimetière, sous une porte entr'ouverte une forme vague leur apparaît et leur murmure rapidement :

— Entrez vite!

Machinalement ils obéissent : la porte se referme sur eux.

Ils sont sauvés!

Georges et son compagnon se trouvaient dans une maison faisant face à l'Institut médical Berkendael, dirigé par Miss Edith Cavell. C'était l'infirmière anglaise elle-même qui leur avait ouvert la porte!

L'habitation appartenait à l'ingénieur Claës, ardent patriote, admirateur et ami de Miss Cavell.

Celle-ci par une circonstance heureuse se trouvait chez lui, lorsque s'étant approchée de la fenêtre, elle avait remarqué les deux errants arrêtés, mornes, épuisés près du seuil de la porte. Avec l'intuition d'un grand cœur, elle avait aussitôt reconnu en eux des naufragés à sauver.

— Ah! quelle femme! déclara Noël avec une respectueuse admiration. C'est bien le dévouement en personne. Grave, pas causeuse, mais toujours en mouvement. Ce qu'elle en a soigné des blessés : Belges, Français et même des Allemands, car une fois qu'un malade était devant-elle, cloué dans le lit et geignant, elle ne songeait guère à sa nationalité!

— L'humanité ignore les frontières! murmura le docteur.

Et il ajouta comme se parlant à lui-même :

— Miss Cavell... je la connais de nom. C'est une femme du plus haut mérite, la fille d'un pasteur. Elle a exercé à Londres et à Manchester, puis est venue à Bruxelles, diriger l'Institut médical Berkendael fondé par le docteur Depage. Au Congrès International des Infirmières, à Londres en 1908, elle s'est révélée comme une organisatrice de premier ordre. C'est elle qui a formé les infirmières laïques belges : les sœurs des hôpitaux ne connaissaient encore que la charité; elle a enseigné l'hygiène.

Puis comme se réveillant pour revenir à l'actualité, il dit brusquement au Belge :

— Alors c'est elle qui vous a cachés, mais elle est arrêtée

depuis deux mois. Que va-t-on faire d'elle, la pauvre femme?
Que va devenir Georges?

Noël poussa un profond soupir pendant qu'une larme tremblait
sous ses cils.

— J'ai bien peur qu'elle ne soit condamnée à mort! murmura-t-il.

Van Azem eut un haut-le-corps.

— Condamner à mort une femme! s'exclama-t-il. Non, non,
cela n'est pas possible!

Ah Monsieur! Avec cela que les Allemands se sont privés
d'en fusiller et d'en pendre et d'en enterrer vivantes des femmes
belges.

Mais enfin qu'est-ce qu'on lui reproche à la malheureuse?
D'avoir soigné des blessés allemands comme des blessés belges,
anglais et français.

Noël secoua la tête.

— Non monsieur, dit-il, ce n'est pas cela. Miss Cavell savait
que les Allemands ne se gênaient pas plus pour torturer ou fusiller
des soldats prisonniers que pour assassiner des civils. Elle savait
que nulle vie n'était en sûreté avec eux. Alors tous ceux qu'elle
pouvait faire filer en Hollande... vous comprenez?

— Oui, fit le docteur. Je sais que beaucoup de Belges se sont
échappés ainsi. Il en est passé à Rosendael, des Français et des
Anglais aussi. Mais je ne me doutais pas que c'était elle qui les
faisait fuir, s'exposant ainsi à la prison, aux travaux forcés peut-
être!

— A la mort! prononça Noël d'une voix sourde. Sous le gouvernement de Von Bissing, il n'y a ni justice, ni pitié à attendre.
Alors que des soldats blessés sont massacrés avec leurs médecins
— on a ainsi égorgé deux cents Français à l'ambulance de Gaumet
— alors qu'on invente des supplices inouïs — à Tamines on a
écartelé un officier supérieur français attaché à un tronc d'arbre
et tiré par deux chevaux, un à chaque jambe...

— Assez! dit le docteur tout pâle.

Il frémissait d'horreur et sentait qu'il ne pouvait en entendre
davantage.

— Bref, reprit Noël, Miss Cavell est à la prison de Saint
Gilles d'où elle ne sortira que pour comparaître devant le Tribunal militaire, et Georges Platier est resté caché à Bruxelles.

— Il pouvait donc vous accompagner?

— Il n'a pas voulu. « Pars! m'a-t-il dit. Te voici guéri, tu es
d'âge à servir ton pays. Moi je reste : je veux tenir mon serment.

Et puis, qui sais si je ne pourrai être utile à celle qui nous a sauvés! » Je ne voulais pas le laisser à Bruxelles, exposé à de nouveaux dangers. C'est un brave enfant... et certes, quand on a mené ensemble une vie comme la nôtre pendant bientôt quatorze mois, c'est dur de se séparer! Mais il n'a rien voulu entendre. Finalement, on m'a donné des papiers au nom de Petteghem, sujet hollandais, et je suis venu à pied... c'est moins périlleux que par le chemin de fer.

Oscar Noël s'était tu. Le docteur Van Azem demeurait songeur : il pensait au fils de son infortuné ami, le voyait s'adonnant à des entreprises au bout desquelles était la mort. Prétendait-il, cet enfant, arracher à sa cellule et à ses gardiens la bonne et vaillante Anglaise qui l'avait sauvé? Quelle chimère!

Mais cet héroïsme d'adolescent illuminait d'une clarté soudaine l'âme du vieux praticien, lui montrait un devoir à accomplir. Il ne serait pas dit qu'il aurait laissé exposé à la mort, sans un geste pour le sauver, le fils de son ami de jeunesse. Et même, s'il pouvait collaborer plus ou moins directement à quelque tentative en faveur de la *nurse* prisonnière — presque une consœur! — il ne se déroberait pas.

Après tout il était vieux, sans famille, sans crainte de la mort, sentence de la Nature à laquelle tous les humains sont condamnés. Et sa vie, d'ailleurs, ne l'avait-il pas risquée bien des fois au chevet de patients atteints de maladies contagieuses?

C'en était dit! Il irait à Bruxelles servir la cause de l'humanité, ce qui était on ne peut plus d'accord avec sa professsion.

IV

POUR LA SAUVER

Au pied du Palais de Justice, qui domine Bruxelles de sa masse imposante comme une acropole, s'étend, longue et droite, la rue des Minimes. La solennité de la Loi semble rejaillir sur les hautes habitations proches du temple de Thémis.

Impeccablement blanches et rigides, on dirait qu'elles abritent des gens vivant au-dessus ou en dehors des passions humaines.

Ce fut dans une de ces maisons que se présenta le docteur Van Azem, arrivé à Bruxelles le matin même. Pour calmer par la marche l'agitation dont il ne pouvait se défendre, il avait déposé sa valise à la consigne de la gare du Nord et s'en était venu pédestrement, traversant la ville dont il possédait de mémoire l'exacte topographie.

Au passage il avait noté les caractéristiques de l'occupation allemande : les officiers d'Outre-Rhin gourmés et impérieux tenant le haut du pavé, les soldats arpentant les rues, raides et lourds, serviles devant leurs chefs, brutaux à l'égard de la population. Et celle-ci, naguère expansive et gaie, maintenant vaquant à ses affaires sans s'arrêter, taciturne et digne, prisonnière dans sa ville mais non domptée.

Van Azem s'était retourné négligemment plus d'une fois de la gare du Nord à la rue des Minimes pour s'assurer qu'il n'était pas suivi. Non par pusillanimité, mais parce que, dans l'ignorance des événements auxquels il serait mêlé, il devait éviter de laisser une trace.

Il gravit le large escalier et s'arrêta au premier étage devant une porte sur laquelle une plaque de cuivre étalait cette inscription : « M. Bern, docteur en droit, avocat à la cour d'appel. »

— Il y a cinq ans que nous ne nous sommes vus, songea-t-il. N'importe!

Il sonna. Un domestique, correct et funèbrement vêtu de noir, lui ouvrit, prit sa carte et introduisit le visiteur dans un salon sévère tendu de tapisseries représentant l'arrestation et le supplice du comte d'Egmont.

Ces dessins peu réjouissants ne s'accordaient que trop bien avec les préoccupations mélancoliques du vieux médecin.

— Un Romain y verrait un triste présage! songea-t-il.

Une porte — celle du cabinet de travail — s'ouvrit : un homme grisonnant, de haute taille, rasé et les yeux brillants derrière un binocle d'or, vint au docteur la main tendue.

— Mon cher Van Azem, fit le légiste, ce m'est un grand plaisir de vous revoir.

Les paroles étaient aimables quoique le ton en fût calme; la poignée de main suffisamment cordiale. Evidemment, M. Bern, bien qu'étranger aux fortes expansions, mettait dans son accueil autant de chaleur qu'il lui était possible.

Tout comme Auguste Platter bien qu'à un degré moindre, il avait été lui aussi un ami de jeunesse du docteur. Le milieu et la culture intensive des codes avaient fait peu à peu du joyeux étudiant, un homme froid et pondéré et ces caractéristiques s'étaient encore accentuées avec l'âge. Néanmoins, il avait conservé de la sympathie pour son ancien camarade hollandais.

— Vous venez à Bruxelles dans un moment pénible, lui dit-il. Le droit et la légalité ne comptent plus! N'importe, si vous avez besoin de mon ministère, parlez.

— Je désirerais deux choses, fit Van Azem.

— Je vous écoute.

— D'abord que vous me présentiez à un ingénieur M. Isidore Claës, que vous connaissez... je me rappelle que vous avez plaidé pour lui...

— Tout de suite, si vous voulez. Je vous acompagnerai chez lui.

— Ensuite, reprit le docteur, que vous vous intéressiez à la situation de Miss Cavell. Cette pauvre femme me semble en grand danger : l'intervention d'un juriste comme vous ne pourrait que lui être très favorable.

L'avocat fronça les sourcils.

— Mon cher Van Azem, dit-il, je regrette de ne pouvoir vous donner satisfaction sur ce point. La défense de Miss Cavell, que j'aurais pu assumer si on me l'eût offerte, a été confiée à Me Kirschen, avocat du barreau de Bruxelles et je ne puis m'y immiscer en aucune manière.

— Qui est-ce Me Kirschen?

— Un sujet autrichien mais qui, à cause de cela même, aura peut-être l'oreille du conseil de guerre.

— Ou sera de connivence tacite avec lui!

— Van Azem! fit sévèrement le légiste.

Dans la haute idée qu'il avait du barreau, il lui semblait sacrilège de supposer qu'un de ses membres pût faillir.

Le docteur se garda d'engager une discussion irritante : avant tout, il voulait être présenté à l'ingénieur Claës pour rencontrer Georges Platter ou avoir de ses nouvelles. Il se rendait compte qu'inconnu de l'allié de Miss Cavell, il ne pouvait aller seul chez lui et aborder de prime abord un sujet aussi délicat. Bruxelles et toute la Belgique fourmillaient d'espions allemands : on eût pu le prendre pour l'un d'eux.

Cinq minutes plus tard, un taxi les emportait dans le quartier de Saint-Gilles.

Durant le trajet, le médecin s'efforça de scruter l'état d'esprit de son compagnon. A dessein, il prononça le nom d'Auguste Platter.

— Oui, murmura l'avocat, c'était un brave garçon, un peu trop impulsif. J'ignore ce qu'il est devenu.

Van Azem fut sur le point de le lui apprendre, mais il se retint. Puisque M. Bern ignorait l'horrible tragédie, c'était qu'il n'avait pas été en contact avec Georges et en supposant qu'il connût son existence, ne soupçonnait pas son séjour à Bruxelles. Si l'ingénieur n'avait pas cru devoir lui en faire part, ce n'était point à Van Azem de le lui faire savoir.

Du reste, le docteur le jugeait rigidement honnête mais incapable de tout élan passionné, se gardant du sentimentalisme et oubliant ses semblables de chair et d'os dans le culte sévère qu'il professait pour la Loi. Un tel homme pouvait être d'excellent conseil en matière juridique mais le plus prudent était de ne l'initier à rien qui pût avoir un caractère extra-légal.

Le taxi s'arrêta rue de la Culture, devant la maison de M. Claës; l'avocat paya et congédia le chauffeur. Puis il s'engagea dans un couloir étroit, passa devant une loge et gravit un escalier. Van Azem était sur ses talons.

L'instant d'après, ils s'arrêtaient tous deux au premier étage et sonnaient. Ce fut un jeune garçon aux yeux vifs, aux boucles brunes qui vint ouvrir.

Van Azem reçut un choc en reconnaissant le fils de son infortuné ami. Il faillit lui ouvrir les bras et Georges eut un mouvement pour s'y jeter. Cependant, l'un et l'autre se retinrent : la présence de M. Bern les gênait. D'un coup d'œil, ils se comprirent.

Georges, qui semblait remplir chez l'ingénieur des fonctions domestiques, introduisit les deux visiteurs dans le salon et s'en fut les annoncer. Bientôt, l'ingénieur parut.

C'était un homme dans la force de l'âge, de stature moyenne, d'aspect réfléchi et décidé. Sans doute Georges lui avait-il dévoilé la personnalité du docteur hollandais car il adressa à celui-ci tout en le saluant cet imperceptible clignement d'yeux qui signifie : « Je sais ».

Du reste, la présentation fut vite faite et après l'échange de quelques généralités, M. Bern eut la discrétion de se retirer.

A peine fut-il parti, Georges, qui guettait ce moment, accourut et, cette fois, s'abandonna à l'étreinte du vieux médecin qui le pressa sur sa poitrine.

Tous deux avaient les larmes aux yeux et l'ingénieur lui-même ne cachait pas son émotion.

Mais Van Azem n'avait pas fait le voyage de Rosendael à

Bruxelles uniquement pour s'attendrir. S'arrachant aux idées douloureuses il dit d'un ton ferme :

— Georges, c'est moi qui remplacerai ton père. Je comprends tes sentiments; ne crains rien... je ne te proposerai jamais une lâcheté ou une ingratitude.

— Il faut *la* sauver, dit résolument l'adolescent.

Sans avoir prononcé le nom de Miss Cavell, ils s'étaient compris!

M. Claës raconta au docteur, qui l'ignorait, comment la nurse avait été arrêtée.

Sa bonté pour les blessés allemands eux-mêmes avait éveillé des soupçons. A diverses reprises elle avait demandé pour eux des congés de convalescence. Si obligeante pour les ennemis de son pays, que ne devait-elle faire pour ses compatriotes et leurs alliés?

Elle avait à son service une jeune bonne anglaise, arrachée par elle à la misère. Cette fille, malheureusement, n'était pas perspicace : elle se laissa abuser par un misérable au service de la Kommandantur. Cet espion, qui parlait admirablement l'anglais, sut entrer en relations avec la domestique, l'invita à la promenade, au cinéma, puis lui confia qu'il était soldat de l'armée britannique aspirant à recouvrer sa liberté.

La servante tomba entièrement dans le panneau : elle déclara à son pseudo-compatriote que Miss Cavell pouvait lui faciliter le moyen de gagner la frontière hollandaise, elle cita des fuites de prisonniers blessés organisées par elle.

Le lendemain matin cinq soldats allemands et un caporal pénétraient dans la salle d'hôpital où l'infirmière se trouvait, au chevet d'un de leurs compatriotes, et l'emmenaient à la prison militaire de Saint-Gilles.

— Vous le voyez, conclut l'ingénieur en terminant ce récit, son cas est des plus graves. Les Allemands ne sont pas à un crime près.

— Raison de plus! fit Georges. Il faut tout tenter pour la sauver.

Le docteur Van Azem hocha la tête gravement, sans mot dire.

V

LA PRISONNIÈRE

ANS une cellule aux murs nus que meublent sommairement un lit de fer, une table et une chaise, une femme est assise. Le demi-jour qui filtre par une ouverture grillée éclaire sa figure pensive et douce.

Elle porte le costume des infirmières : sur ses belles boucles brunes, à peine grisonnantes aux tempes, un bonnet blanc couvre l'arrière de sa tête; un col empesé surmonte le long tablier blanc, au bras le brassard à croix rouge.

C'est Edith Cavell.

Elle songe, la nurse, aux événements qui ont marqué sa vie, et à ceux qui vont en abréger le cours. Elle revoit le passé, ses jours calmes d'enfance au village de Swardeston, puis à Norwich, après la mort de son père, puis à Bruxelles, dans un tranquille pensionnat, ses voyages en Suisse et en Allemagne où, entraînée par une irrésistible vocation vers le soulagement des malades, elle fréquente comme infirmière libre l'hôpital du docteur Wolfenberg. Elle retrouve dans ses souvenirs la figure d'un vieil officier paralytique qu'elle soignait gratuitement, qui, un matin, la réveilla d'un terrible coup de béquille sur le crâne. La prisonnière sourit avec une douceur mélancolique à cette évocation.

Une autre image, cependant, vient jeter une ombre de tristesse sur son visage. C'est Mary, la jeune domestique qu'elle traitait si maternellement, en laquelle elle avait toute confiance et dont l'imprudence l'a perdue!

Mais d'autres figures, celle de sa sœur Scott, de sa vieille mère, passent devant son esprit et s'y fixent.

La Nurse étouffe un soupir.

— Pauvre mère! songe-t-elle. Sa douleur sera bien grande, mais elle se dira que j'ai accompli mon devoir jusqu'au bout.

Car Miss Cavell n'a aucune illusion sur le sort qui l'attend. Créature de franchise autant que de bonté, elle-même, dédaignant de se défendre, a revendiqué hautement la responsabilité de ses actes. Elle a déclaré à l'officier chargé de l'interroger qu'elle a facilité la fuite de blessés anglais, français ou belges, redevenus ensuite soldats de leur pays.

Elle sait que la mort impitoyable la menace mais, patriote, profondément religieuse, elle l'envisage sans faiblesse.

— Dieu me donnera la force d'aller jusqu'au bout! songe-t-elle.

Elle sait qu'elle ne pourra voir son défenseur qu'au moment même du procès, dans la salle du Conseil de guerre. Séparée du monde entier depuis neuf semaines, elle ignore si d'autres que ses ennemis se sont occupés d'elle, si même son arrestation a été connue en Angleterre.

A ce moment une boulette de pain, lancée du dehors, traverse entre les barreaux l'ouverture carrée qui sert de fenêtre et, frôlant le visage de la prisonnière, tombe à ses pieds.

Miss Cavell a un brusque geste de stupeur. Son cœur bat fortement pendant que, cependant, elle se lève, va ramasser la boulette et l'ouvre rapidement.

Elle trouve un papier plié, couvert d'une écriture fine qu'elle reconnaît aussitôt. Après un coup d'œil donné au judas de la porte, elle lit : « On s'occupe de vous. Légation américaine saisie « de votre affaire. Faites traîner instruction. Courage! »

Pas de signature, mais la prisonnière a reconnu ou deviné l'expéditeur car elle murmure :

— Pauvre enfant!

Sa pensée est allée tout de suite au jeune Belge qu'elle a recueilli presque mourant dans la rue. Elle a reconnu en lui une âme plus grande que son âge, que les malheurs loin de l'abattre, ont trempé jusqu'à l'héroïsme; elle sait qu'il lui a voué un culte de reconnaissance capable de lui faire affronter tous les périls pour la sauver. Et maintenant si elle appréhende anxieusement, c'est non pour elle-même mais pour lui.

— Pauvre enfant! se répète-t-elle. Que peut-il faire? Etre broyé!

Pourtant dans cette missive rédigée en style télégraphique, une phrase serait rassurante : « Légation américaine saisie de votre affaire ». Peut-être ses amis se tiennent-ils sur le terrain strictement légal.

Miss Cavell relit le message, puis le déchire en une infinité de fragments qu'elle avale.

Il est temps! Des pas cadencés résonnent au dehors, se rappro-

Dans une cellule aux murs nus que meublent sommairement un lit de fer, une table et une chaise, une femme est assise (p. 19).

chant et soudain la porte de la cellule s'ouvrant laisse apparaître sur le seuil un officier allemand.

Lourd, raide, sanglé dans son uniforme, cet homme dit d'une voix brutale :

— Préparez-vous! Dans dix minutes vous partez pour le Tribunal.

VI

CONCILIABULE

E docteur Van Azem, malgré sa bonne volonté et même sa *résolution*, n'avait rien d'un conspirateur. Georges, aguerri par quatorze mois d'une existence anormale en eût eu plutôt l'étoffe mais non l'expérience.

L'ingénieur était sans doute, dans ce trio de dévouements obscurs prêts à se sacrifier pour sauver Miss Cavell, le plus à même de donner une orientation pratique.

— Ne perdons pas de temps, certes, avait-il dit à ses compagnons, mais gardons-nous bien d'agir à l'aventure. Non seulement nous ne la sauverions pas, mais nous pourrions lui enlever ses dernières chances de salut et perdre avec elle ses co-accusés.

— Etes-vous donc sûr qu'elle ne soit pas jugée seule? demanda anxieusement le vieux médecin.

— On ne peut encore rien savoir car tout cela se prépare aussi secrètement que possible, mais le bruit transpire d'un procès monstre qui éclaterait tout d'un coup comme une bombe. On parle même de trente ou quarante accusés soupçonnés d'espionnage. L'acquittement de quelques-uns servirait comme toujours dans les procès de tendance à faire passer les condamnations rigoureuses, car on veut un exemple qui terrifie.

Heureusement, ajouta-t-il, l'ambassadeur américain, M. Brand Whitlock, auquel est confiée la protection des sujets anglais, a été saisi de l'affaire. C'est un atout dans notre jeu.

Georges eut un geste dubitatif. Il exposa ses projets. Sans faire fi d'une intervention diplomatique, il convenait de ne pas s'endormir : le ministre américain pouvait être éconduit, joué. Or, il avait lié connaissance avec un garçon plus jeune que lui de deux ans, le fils d'un Belge employé de cuisine à la prison militaire de Saint-Gilles et demeuré dans ses modestes fonctions malgré l'occupation allemande.

Henri, c'était le nom du garçonnet, était un bon petit diable à l'esprit éveillé, qui nourrissait pour les envahisseurs de son pays tout autre chose que de la sympathie. Toutefois, il se gardait de leur témoigner ouvertement de l'aversion de peur d'attirer à son père un renvoi brutal ou pis encore.

Il n'avait pas tardé à subir l'ascendent de Georges plus âgé, plus instruit que lui. Sans difficulté il lui avait fait part du peu qu'il savait, concernant Miss Cavell.

Celle-ci occupait dans la prison une cellule soigneusement choisie. Le corridor sur lequel elle s'ouvrait était surveillé à chaque extrémité par une sentinelle qui avait pour consigne inflexible de n'y laisser circuler personne en dehors des officiers ou des soldats, en service commandé. La fenêtre trop élevée au-dessus du sol pour que la prisonnière pût s'y hisser donnait non sur la rue, mais sur une cour intérieure.

Une évasion de la prison était impossible : tout au plus pouvait-on la tenter à l'entrée de l'accusée dans le tribunal ou pendant le trajet qu'elle effectuerait pour s'y rendre.

— Un embarras dans la rue arrêtant la marche de la voiture cellulaire, une dizaine d'hommes résolus assaillant celle-ci, une auto sous la main pour l'emmener en quatrième vitesse si elle est délivrée et c'est tout! conclut Georges.

C'était tout, en effet, mais c'était un monde!

— L'auto passe encore! murmura l'ingénieur. Je pourrais me la procurer avec un chauffeur de confiance, mais les hommes résolus pour assaillir la voiture cellulaire où les trouver?

— Nous trois d'abord.

— Cela ne suffit pas.

Et M. Claës en prononçant ces mots jeta sur ses compagnons un regard qui indiquait que quelque confiance qu'il eût en leur dévouement, il ne les estimait pas, l'un pacifique par nature et trop vieux, l'autre trop jeune, des athlètes bien redoutables dans un corps à corps.

Georges surprit sa pensée.

— On pourrait recruter quelques Marolliers, fit-il.

Le quartier de Marolles est un des plus curieux de Bruxelles. Il est habité par une population où abondent les types bruns aux allures bohémiennes rappelant le vieux temps de l'occupation espagnole. On y trouve plus qu'ailleurs d'aventureux risque-tout, assez dépourvus de préjugés et quelquefois même de scrupules.

— C'est à voir, murmura l'ingénieur pensif. Il y a là des gaillards capables de tout, de bien et de mal. On ne peut cependant s'en remettre aux premiers venus : il faudrait les connaître et les tenir sous la main.

— Quand aura lieu le procès? demanda le docteur.

— Impossible de le savoir exactement. Bientôt, en tout cas, on parle du 10 ou du 12.

— C'est dans quelques jours. Aurait-on le temps de chercher et trouver des hommes à la fois résolus, sérieux et de toute confiance?

— Peut-être à la condition de ne pas perdre une minute. En attendant, nous devons stimuler les efforts de la légation américaine. Légalement ou illégalement, il nous faut sauver notre amie.

Comme l'ingénieur prononçait ces derniers mots, la sonnerie de l'appartement retentit. Georges courut à la porte et revint avec un télégramme.

Avec un pressentiment angoissé, l'ingénieur ouvrit le message.

Il ne contenait que ces trois mots, suivis d'une signature d'emprunt :

« Livraison bière jeudi. »

M. Claës pâlit en les lisant.

— Mes amis, dit-il, c'est demain qu'a lieu le procès : la situation est désespérée.

VII

LA JUSTICE ALLEMANDE

A porte de la prison s'ouvre toute grande, livrant passage cavaliers la suivent. Et la porte se referme sinistrement, eux, s'avance la lourde voiture cellulaire. Deux autres à deux gendarmes à cheval, sabre au poing. Derrière là, le centre de la ville. Dans les rues où la foule matinale naguère flâneuse, circule sans trop s'arrêter depuis l'occupation alle-

Le triste cortège se dirige vers la chaussée de Waterloo et, de

mande, des regards attristés suivent la voiture et son escorte.
Ces regards semblent dire :

— Encore quelques victimes des Allemands qu'on emmène...
sait-on où !

Soudain, passé la porte de Hal, à l'entrée de la rue Haute,
un coup de sifflet retentit, suivi aussitôt des claquements secs
du browning.

Les chevaux des deux gendarmes de tête se sont abattus, le
poitrail saignant, sur leurs cavaliers dont l'un, étourdi, ne bouge
plus. L'autre fait de vains efforts pour se dégager. Il a beau
appeler à l'aide les passants : ceux-ci ricanent, enchantés, et
s'éloignent.

Pendant ce temps un jeune garçon tirant une charrette est
venu se jeter dans l'attelage de la voiture cellulaire, si malencon-
treusement qu'un des chevaux se cabre, brise le brancard et
s'abat, entraînant son compagnon.

— *Donnerwott!* s'écrie le cocher.

Furieux, il fait tournoyer son fouet au-dessus de la tête du
jeune Bruxellois. Celui-ci esquive le coup en se baissant et, tirant
de sa poche un revolver, fait feu sur son ennemi.

L'homme atteint en pleine poitrine, s'écroule sur son
siège.

Pendant ce temps cinq individus, que rien ne distinguait des
autres passants, ont attaqué les deux gendarmes de queue. L'un,
tiré par les pieds, vide les étriers et s'affale à terre où il demeure
comme assommé. Un coup de talon sur le crâne achève son éva-
nouissement.

L'autre gendarme a réussi à dégainer. Il brandit son sabre :
il n'a pas le temps de frapper. Un coup de revolver éclate :
l'Allemand, la nuque saignante, vacille, étend les bras et s'ef-
fondre à terre en râlant un « *Schweinpelz!* »

Immédiatement les assaillants se précipitent à l'assaut de la
voiture. Ils escaladent le marche-pied, enfoncent la porte, assom-
ment le gardien, ouvrent les cellules de chaque côté du couloir.

— Miss Cavell! appellent-ils. Miss Cavell! Vous êtes sauvée!

Hélas! Miss Cavell ne paraît pas.

Les cellules sont vides!

M. Claës, le docteur, Georges, car ce sont eux, grimés, mécon-
naissables, qui ont conduit l'assaut avec trois Marolliers recrutés
en hâte, se rendent compte qu'ils sont joués. Sans doute l'ennemi
a-t-il prévu quelque tentative désespérée pour lui enlever sa
victime et clandestinement acheminé celle-ci vers le tribunal par

une autre voie, tandis qu'il donnait le change avec cette voiture escortée.

— La partie est perdue! dit l'ingénieur à ses compagnons. Filons!

Rapidement ils s'éloignent. A peine ont-ils disparu dans la foule qu'un peloton de hulans apparaît au grand trot.

. . . .

Pendant ce temps, le drame se prépare.

Dans l'édifice qui avait été le Sénat, la cour martiale est installée. La salle du jugement a conservé le dais d'apparat garni de drapeaux aux couleurs belges; seulement, ces drapeaux sont voilés. C'est le grand aigle noir prussien qui étend ses ailes rigides et recroqueville ses serres au-dessus du banc des juges.

Ceux-ci, raides dans leurs uniformes, immobiles comme des statues, donnent une impression oppressante d'inexorabilité. En face d'eux, sur les bancs, trente-cinq accusés, au premier rang desquels trois femmes : Miss Cavell, la princesse de Croy et la princesse de Belleville de Montigny.

D'autres femmes encore et, parmi les hommes, un chimiste, un avocat, un ingénieur, un architecte, des ouvriers. Les deux sexes et toutes les classes sociales sont représentés dans ce procès intenté par la Force triomphante au Droit opprimé.

Ce que furent les débats, l'histoire le dira un jour en détail quand elle pourra enfin retracer entièrement ce grand drame.

Mais ce qu'on sait d'une façon certaine, c'est que ces débats ne furent qu'une parodie de justice. Chaque accusé avait été depuis longtemps questionné et forcé de signer une déclaration affirmant sa culpabilité. Aucun fait nouveau, aucun témoin; rien que des avocats chargés de la défense et qui n'avaient pu prendre contact avec leurs clients!

Un interprète traduisait en français les questions posées en allemand et les réponses des accusés ignorant l'idiome germanique.

Miss Cavell et le prince Reginald de Croy, costumax, étaient faussement représentés comme les chefs d'une grande organisation d'espionnage. De plus, on les accusait d'avoir, avec l'aide de la comtesse de Belleville, facilité à des Belges, des Français et des Anglais, leur fuite de Belgique.

La nurse fut héroïque. Dédaignant de devoir la vie aux ennemis de sa patrie et de l'humanité, elle revendiqua la responsabilité de ses actes.

A son exemple, un architecte M. Philippe Bancq déclara avoir aidé de toutes ses forces sa co-accusée. « J'ai obtenu, dit-il, des papiers pour nos jeunes recrues belges et je les ai marqués avec des timbres portant la date de villages imaginaires. J'ai fait mon devoir comme Belge et je suis prêt à donner ma vie pour mon pays. »

L'avocat, l'ingénieur et le chimiste firent des déclarations analogues.

Le jugement était arrêté d'avance mais il ne fut pas rendu sur-le-champ. Miss Cavell, emmenée après la fin des débats dans une salle voisine, y reçut la nouvelle que le prononcé de la sentence était ajourné.

Raffinement de cruauté destiné à la faire souffrir davantage par l'incertitude?

Ou bien honte des officiers allemands à lui montrer leur ignominie?

On ne peut savoir.

Escortée des soldats, baïonnette au canon, elle fut reconduite à la voiture qui l'attendait et, de là, à sa prison.

Cette fois aucune tentative ne se produisit. Des patrouilles d'infanterie et de cavalerie sillonnaient les rues. Les Marolliers s'étaient dispersés. L'ingénieur et ses amis sentaient qu'ils ne pouvaient plus rien.

Un seul espoir leur restait : la légation américaine. M. Claës y courut.

Désolé par cet avortement du seul attentat auquel il eût jamais pris part, le docteur Van Azem avait proposé à Georges de venir vivre avec lui à Rosendaël, mais le jeune homme secoua la tête.

— Non, dit-il. Ma place est ici pour connaître son sort et la venger si on l'assassine. Partez seul.

Le docteur Van Azem resta!

Cependant, depuis six semaines, la situation de l'héroïque infirmière préoccupait passionnément l'opinion publique en Angleterre. Sir Edward Grey, ministre des Affaires étrangères, avait saisi de la question le Gouvernement américain dont le représentant à Bruxelles, M. Brand Whitlock était chargé d'assurer la protection des civils anglais résidant en Belgique.

Le 31 août, le ministre américain écrivait au baron von Lancken, adjoint politique du gouverneur von Bissing pour lui demander des renseignements sur la situation de miss Cavell et sur les raisons de son arrestation. Il y avait ajouté la demande d'autoriser l'avocat-conseil de la légation des Etats-Unis à conférer avec la prisonnière.

Mais le plan de la Kommandantur était de gagner du temps, de fabriquer contre l'accusée le dossier précis qui manquait encore et finalement de mettre les défenseurs de Miss Cavell en présence du fait accompli. La lettre de M. Brand Whitlock ne reçut pas de réponse.

Sans se décourager, le ministre américain, après avoir attendu dix jours, écrivit de nouveau.

Cette fois, le baron von Lancken répondit sans beaucoup se presser toutefois, car sa lettre hypocritement datée du 12 septembre ne fut remise que le 21 à la légation.

Miss Cavell, écrivait-il, avait avoué elle-même avoir caché dans sa demeure des soldats anglais et français, ainsi que des Belges en âge de porter les armes. Elle avait d'ailleurs un avocat, M. Braun.

Le gouvernement général n'admettant pas, pour des raisons de principe (!) que les prévenus eussent des entretiens quels qu'ils fussent, aucune autorisation de visiter la prisonnière ne pouvait être accordée tant que celle-ci demeurerait au secret.

Au secret! Ses perfides geôliers comptaient bien qu'elle n'en sortirait que pour se rendre au tribunal et du tribunal à la mort!

Informé que la défense de l'accusée avait été confiée à M. Braun, avocat à la Cour d'appel de Bruxelles, M. de Leval, avocat-conseil de la légation américaine, auquel l'entrée de la prison avait été refusée, chercha à voir son confrère belgo.

Ce fut alors qu'informée par ses espions de cette démarche toute naturelle, la Kommandantur força M. Braun à se dessaisir du dossier qui fut confié à l'avocat Kirschen, autrichien très respectueux des autorités allemandes et de leurs procédés.

L'attitude de ce nouveau défenseur fut de nature à autoriser toutes les suspicions : l'avocat de la légation américaine lui ayant manifesté le désir d'assister au jugement de façon à surveiller les débats, l'Autrichien se récria. Eh quoi! Prendre une attitude de défiance à l'égard des juges! Les blesser en leur montrant qu'on suspectait leur équité! Que pouvait-il y avoir de plus préjudiciable à l'accusée? D'ailleurs ils n'autoriseraient jamais cette infraction au règlement militaire et ne conserveraient de cette tentative qu'une mauvaise humeur dont se ressentiraient les accusés.

Il promit d'ailleurs à M. de Leval de le tenir exactement au courant du développement de l'affaire.

Après le jugement, il se cacha, devint invisible et ne répondit pas à une lettre de l'avocat américain qui lui demandait d'envoyer à la légation un rapport des faits et incidents de l'audience.

Ce fut par un autre avocat qui avait assisté au procès que M. de Leval apprit quelle peine avait été demandée par le procureur : la peine de mort!

Néanmoins, la sentence n'avait pas encore été édictée. A la Kommandantur on donna l'assurance formelle que la légation américaine serait tenue au courant de tout. C'était le 11 octobre, à 6 heures 20 du soir.

Or la sentence était déjà prononcée depuis plusieurs heures.

A 8 heures 30 du soir, M. Gibson, secrétaire de la légation américaine qui remplaçait le ministre malade et alité, apprit par un tiers qu'un verdict de mort avait été rendu et que l'exécution allait avoir lieu la nuit même.

Le dénouement du drame était imminent.

Sans perdre un instant, M. Gibson et M. de Leval coururent chez le marquis de Villalobar, ministre d'Espagne, qui accepta sans difficulté de les accompagner à la Kommandantur.

Le baron von Lancken et tous les membres de son cabinet étaient naturellement absents pour toute la soirée. Sans se décourager les visiteurs lui envoyèrent un courrier pour le prier de revenir d'urgence.

Les minutes s'écoulaient désespérément angoissantes!

Il était plus de dix heures lorsque le baron parut, suivi peu après de deux membres de son cabinet.

Une requête écrite de M. Brand Whitlock, demandant le sursis de l'exécution, lui fut remise par le secrétaire de la légation américaine. Celui-ci, chaleureusement appuyé par le ministre d'Espagne, ne négligea aucun argument, aucune prière.

La conduite du baron von Lancken, comme celle de toutes les autorités allemandes, se maintint jusqu'au bout hypocrite et féroce.

Tout d'abord ce personnage joua l'étonnement. Il déclara qu'il ne croyait pas à la nouvelle d'un verdict déjà rendu et insista pour savoir qui l'avait communiquée à la légation. M. Gibson ne commit pas l'imprudence de le lui dire.

Puis le digne adjoint de von Bissing affirma avec la même sincérité que la sentence de mort eût-elle été réellement prononcée, son exécution ne serait certainement pas immédiate et qu'en *tous cas* il serait impossible d'agir avant le lendemain.

Agir le lendemain, même si l'exécution devait avoir lieu la veille!

M. Gibson et ses compagnons comprirent qu'on voulait abso
lument les mettre en présence du fait accompli. Ils luttèrent pied
à pied, suppliant le baron von Lancken de s'assurer de la nouvelle avant qu'il fût trop tard pour agir.

L'Allemand dut se résoudre, ne pouvant faire autrement, à
téléphoner au président de la cour martiale pour obtenir un ren-
seignement qu'il possédait depuis longtemps puisque c'était lui,
qui, avec von Bissing, avait dicté la sentence de mort.

La sinistre comédie continuait!

Quelques minutes plus tard, le baron revint vers ses visiteurs,
leur disant que le verdict de mort avait, en effet, été rendu et
serait appliqué avant le matin.

En vain, M. Gibson, M. de Leval, le marquis de Villalobar
s'efforcèrent-ils de le fléchir, lui démontrant l'ignominie de la
sentence et l'effet terrible que son application allait avoir sur
l'opinion publique universelle, sans compter les représailles
qu'elle pouvait entraîner. Von Lancken demeura inébranlable,
s'abritant, d'ailleurs, sous l'autorité supérieure du gouverneur
général.

Seul ce dernier, déclara-t-il, avait qualité pour décider en
suprême ressort : l'empereur Guillaume lui-même eût été impuis-
sant à intervenir.

La cause était perdue! Pourtant les défenseurs de Miss Cavell
luttèrent jusqu'au bout. Puisque le gouverneur général était le
seul à même de faire grâce, ils adjurèrent son adjoint politique
de lui téléphoner.

Après une vive discussion, le baron voulut bien y consentir
ou tout au moins le feindre. Il quitta ses visiteurs et une mortelle
demi-heure s'écoula encore.

Lorsqu'il revint on put lire sur son visage que l'arrêt inexo-
rable était maintenu.

A minuit passé, le secrétaire de la légation, l'avocat-conseil et
le ministre d'Espagne, quittèrent la Kommandantur, lassés et
navrés d'avoir lutté en vain!

VIII

MARTYRE

 ANDIS que les autorités allemandes à la Kommandantur déclaraient encore ne rien savoir, elles avaient fait informer Miss Cavell que cette nuit devait être pour elle la dernière.

Sa force d'âme ne se démentit pas un seul instant.

M. Gahan, chapelain anglais de l'Eglise de Bruxelles, reçut dans la soirée un passeport spécial qui lui permit d'entrer dans la prison de Saint-Gilles où sa compatriote était enfermée depuis dix semaines.

Il la trouva calme et résignée, presque souriante.

Miss Cavell était profondément religieuse. Après avoir déclaré qu'elle donnait volontairement sa vie pour son pays, elle ajouta :

« Je n'éprouve ni crainte ni appréhension; j'ai vu la mort si « souvent qu'elle ne me paraît ni étrange, ni terrible. Je remercie « Dieu pour ces dix semaines de paix avant la fin : ma vie a « toujours été agitée et pleine de difficultés; ce temps de repos a « été une grande faveur. »

Temps de repos, cette attente prolongée du supplice! La nurse avait bien l'âme des martyres chrétiennes calmes devant les fauves.

Lorsque l'heure du départ eut sonné, Miss Cavell donna à son visiteur des messages d'adieu pour ses amis et parents et répondit à son adieu par ces paroles :

— Nous nous reverrons.

. . . .

Cette nuit-là, le drame reçut son dénouement.

Dans la cour du Tir National, attenant à la prison, une femme en costume d'infirmière marchait sous escorte vers un mur. Derrière elle un peloton de fantassins allemands attendait l'arme au pied.

La clarté vacillante d'une lanterne éclairait ce tableau dans la nuit froide et sombre.

A vingt-cinq mètres du mur, la nurse s'affaissa. Ses forces physiques, moins grandes que son courage, venaient de l'abandonner.

L'officier donne un ordre à deux hommes de l'escorte. Ils s'avancent, s'approchent de Miss Cavell et la transportent au pied du mur où ils la laissent étendue.

A ce moment, une vibration solennelle comme le glas de la mort retentit dans le silence nocturne.

Deux heures!

Un commandement bref éclate, suivi de la détonation des fusils.

Le crime est accompli!

Sur cet assassinat à huis clos, divers récits ont été faits qui diffèrent en quelques points de détail. D'après l'un d'eux, les soldats allemands ayant refusé de faire feu sur une femme évanouie, c'est l'officier lui-même qui aurait, d'un coup de revolver dans la tempe, brûlé la cervelle de la martyre.

L'architecte Bancq, qui avait été également condamné à mort fut fusillé immédiatement après Miss Cavell. Il mourut héroïquement, refusant de se laisser bander les yeux.

Ce vaillant patriote belge laissait une veuve et deux enfants.

Les autres accusés avaient été condamnés à l'emprisonnement.

. . . .

L'assassinat de Miss Cavell, connu en Angleterre le jour anniversaire de la bataille de Trafalgar, y souleva la plus formidable tempête d'indignation. A Trafalgar Square, le forum historique de Londres, au pied de la statue de Nelson, un inoubliable meeting de recrutement proclama cette décision solennelle :

« Nous, citoyens de l'Angleterre, déclarons que nous ne ren « gainerons pas l'épée jusqu'à ce que nous ayons vengé Miss « Cavell. »

En flot ininterrompu les recrues montaient à la plate-forme où se signaient les engagements, traçaient leur nom sans mot dire et faisaient place à d'autres. Les enrôlements atteignirent à ce moment un chiffre extraordinaire.

De grandes solennités, notamment à la cathédrale Saint-Paul de Londres, et à Paris au Trocadéro, commémorèrent le souvenir de la nurse héroïque, martyre du patriotisme et de l'humanité. Aux Etats-Unis, même les germanophiles réprouvèrent le crime commis sur une femme.

Ce crime pèsera à jamais comme une tache inexpiable sur la mémoire des dirigeants de l'Allemagne.

FIN

LA COLLECTION "PATRIE"

Parmi les nations alliées qui luttent pour le triomphe de leur idéal de droit et de liberté, la France a soulevé par sa vaillance et son héroïsme l'admiration du monde entier.

C'est un devoir sacré de conserver un souvenir impérissable des exploits, des dévouements et des sacrifices consentis par les héros de cette cause sublime et d'en répandre le récit dans tout l'univers.

Il est nécessaire aussi de fixer dans la mémoire de tous les peuples les forfaits inouïs, les crimes innombrables commis par les barbares orgueilleux qui ont déchaîné le fléau.

LA COLLECTION "PATRIE"

raconte chaque semaine un épisode de la Grande Guerre, émouvant, dramatique, vécu, puisé dans la glorieuse épopée.

Chaque numéro contient un récit complet illustré pour **15** *centimes. Il paraît un numéro tous les vendredis.*

LA COLLECTION "PATRIE"

est la véritable publication destinée à perpétuer l'admiration pour les héros et l'exécration pour les barbares.

OUVRAGES PARUS

1. **La Chasse au Zeppelin**
2. **La Reprise du Fort de Douaumont**

POUR PARAITRE VENDREDI PROCHAIN

Les Marais de Saint=Gond

F. ROUFF, Éditeur, 148, rue de Vaugirard, PARIS-15e

N° 3. Collection "Patrie".   Paris. — Imp. de Vaugirard.

www.ingramcontent.com/pod-product-compliance
Lightning Source LLC
Chambersburg PA
CBHW060909180626
46818CB00004B/1892